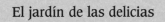

El jardín de las delicias

Marco Denevi

El jardín
de las delicias
Mitos eróticos

El jardín de las delicias.
Mitos eróticos

MARCO DENEVI

© 2005 THULE EDICIONES, S.L.
© 2005 Ediciones Corregidor

Diseño de cubierta: Tamara Peña
Maquetación: Mercedes Fernández
Corrección: Mar Navarro

ISBN: 84-933734-7-8
Depósito legal: B-2.383-2005

Impreso por Press Line S.L.,
Sant Adrià de Besòs, España

www.thuleediciones.com

Estas historias, salvo las menos felices, no han sido imaginadas por mí. Yo sólo les he dado una vuelta de tuerca, les he añadido un estrambote irreverente, alguna salsa un poco picante.

Los autores que cito (con las excepciones de Homero y de Casanova) son apócrifos, no los textos en los que me inspiré, entre los cuales los más saqueados provienen de la edición francesa del Kamasutra anotada y comentada por Gilles Delfos.

Como Verdi su cuarteto, escribí estas paginitas para mi propia diversión. El editor cree que quizás otras personas las lean con moderada complacencia, pues Eros siempre difunde alegría en el melancólico mundo donde vivimos.

M. D.

Martirio de Pasifae

Estaba tan bien provisto por la naturaleza que lo apodaron «El Toro». Su fama llegó hasta los oídos de la reina Pasifae, quien lo mandó llamar. Vestida con una ajorca de rubíes en cada tobillo, lo recibió en la cámara matrimonial del palacio. Al verlo desnudo gritó aterrada: «No me toques, monstruo. Con semejante espada me matarás». Indiferente a sus súplicas, él la poseyó. En medio del feroz combate amoroso Pasifae gemía con voz débil: «Sigue, sigue, asesino, no te detengas, que total ya estoy muerta».

Mala cabeza

La vestal Delia debió ser decapitada porque, en un descuido, había confesado: «Yo, los pensamientos impuros los tengo aquí —y se señaló la frente— pero el resto de mi cuerpo es casto».

Sátiros caseros

Enterada, por los frescos pompeyanos, de que los sátiros poseían un miembro viril bífido, con el que satisfacían a las ninfas por ambos conductos a la vez, Circe les contaba a sus amigas: «No lo creerán, pero anoche me acosté con un sátiro». Una de las amigas sonrió: «Te creo, querida. Vi cuando los dos entraban en tu casa».

La virtud en la mujer

Jasón y sus amigos embarcaron en la nave *Argos* (por lo que se les conoce como los argonautas) y partieron rumbo a la remota Cólquida con el propósito de robar el Vellocino de Oro, cuyo nombre de pila es Crisomalón. Eran jóvenes, atléticos y ardientes, pero la travesía duró tres años sin hacer escalas en ningún puerto.

La hija del timonel de la nave formaba parte de la tripulación. Para ocultar su verdadero sexo y no correr peligro entre tantos hombres privados de mujer, se había disfrazado de grumete y se hacía llamar Teófilo. Al cabo de un tiempo de navegación su padre le reprochó que practicase el amor griego con los argonautas. El supuesto Teófilo respondió: «Es la única manera de hacerles creer que soy varón y conservar mi virtud». El padre estuvo de acuerdo.

Pilémacos, en su *Epítome*, corrige o echa a perder esta historia. Rencoroso contra los griegos, sostiene que el timonel le preguntó a su hija por qué ocultaba su verdadero sexo, y que ella soltó esta calumnia: «Porque no quiero pasarme todo el tiempo de la travesía sin que nadie me ofrezca los servicios de la virilidad».

Un amor contra natura

Festejado fue siempre el fervor erótico de los habitantes de Citeres, la isla consagrada a Afrodita. «Aquí todo está permitido —decían— con la condición de que culmine en la cópula, pues de lo contrario es puro vicio.» De modo que aquel espectáculo los espantó. Durante varios días, en la playa, a la plena luz del sol, dos viciosos se abrazaban, se besaban, se acariciaban. Él, en opulenta erección, rugía de magnífico ardor. Ella lanzaba maravillosos himnos obscenos. Hasta ahí todo estaba en regla y no había nada que decir. Pero después de una hora de preparativos él regresaba al bosque y ella se iba a nadar en las aguas del mar cretense. Los pobladores de Citeres no toleraron tanto escándalo y el centauro y la sirena fueron conducidos a la cárcel.

La virginidad escasea

Los lapitas pusieron sitio a Dodona y exigieron, para levantarlo, que les cediesen por una noche todas las vírgenes de la ciudad. La cruel exigencia fue aceptada. A la noche llegó al campamento de los sitiadores una tropa de niñas impúberes, la mayor de las cuales no tendría más de ocho años. Comprendiendo que se trataba de una estratagema, los lapitas, que no eran afectos a la pederastia, entraron a saco en Dodona, degollaron a todos los hombres y violaron a todas las mujeres, ferocidad que les permitió saber que no había habido tal estratagema.

La historia viene de lejos

El primero que lo dijo no fue Diógenes el cínico sino el cíclope Polifemo. Interrogado por Ulises sobre las razones de su misoginia, Polifemo pronunció el famoso discurso:

«Tener relaciones sexuales con una prostituta cuesta dinero y puede costarte la salud. Tenerlas con una virgen te hace correr el riesgo de que los padres te obliguen a casarte. Amar a tu propia mujer es aburrido. A la ajena, peligroso. A un hombre, repugnante. Yo me libro de todos esos inconvenientes gracias a mi mano derecha». Y añadió: «Te aclaro, por las dudas, que mi mano derecha no practica el adulterio».

Ulises bromeó: «¿Y tu mano izquierda?». Polifemo bajó la voz: «No lo repitas, pero soy bígamo». Las carcajadas del risueño Ulises interrumpieron la siesta de los dioses.

Los amores digitales

Después de haber sido rescatada, Helena la de Troya le aconsejaba a Menelao, su marido: «Si quieres castigar a Paris por haberme raptado, está bien, cástralo. Se lo merece. Pero ojo: si vas a castrarlo, no te equivoques y córtale los dedos de las manos. Yo sé por qué te lo digo».

Modestia

Cuando las amazonas le reprochaban conceder sus favores a cualquier hombre, Antíope, entornando los párpados, se defendía: «Qué quieren que haga, si no soy más que una mujer».

El adulterio delatado

Vulcano supo que Venus le ponía los cuernos con Adonis porque, cada vez que él elogiaba la incomparable belleza del mancebo, ella, de golpe furiosa, chillaba: «Francamente, no sé qué le ves de lindo a ese chiquilín estúpido y arrogante. Yo no lo soporto».

Las inocentes víctimas
de los caprichos divinos

Muy bien, Zeus se transforma en cisne. El largo cuello flexible y sedoso se introduce en el sexo de Leda y picotea en el centro mismo del placer. Leda goza como dicen que gozaba Venus cuando la montó el caballo de Piritoo. Después el cisne desaparece. ¿Nadie se pregunta cuál fue el destino de aquella pobre muchacha? Murió despedazada por cisnes rabiosos a los que pretendía obligar a que repitiesen la proeza del dios.

Erosión

Narra Filoctetes que, paseándose por los caminos de Tracia, país proclive a la lujuria, observó que las estatuas del dios Príapo estaban mutiladas en sus partes pudendas. Preguntó a los hombres por qué habían cometido esa terrible profanación, que podía acarrearles algún castigo del dios. Los hombres respondieron: «Al contrario, nos colma con sus bendiciones. En otros tiempos las estatuas lucían un falo colosal, adornado con flores y con frutos. Pero la devoción de nuestras mujeres poco a poco fue haciendo desaparecer esos formidables cipotes». Filoctetes apunta, como al descuido, que las estatuas eran de bronce, de mármol o de piedra granítica.

Una viuda inconsolable

Famoso por los ornamentos de su entrepierna fue Protesilao, marido de Laodamia. Cada vez que hurgaba en las entrañas de su consorte con aquella temible púa, Laodamia sufría un éxtasis tan profundo que había que despertarla a cachetazos, cosa que de todos modos no se conseguía sino después de varias horas de bofetadas. Entonces, al volver en sí, murmuraba: «¡Ingrato! ¿Por qué me hiciste regresar de los Campos Elíseos?».

Como parece inevitable entre los griegos, Protesilao murió en la guerra de Troya. Laodamia, desesperada, buscando mitigar el dolor de la viudez, llamó a Forbos, un joven artista de complexión robusta, y le encargó esculpir una estatua de Protesilao de tamaño natural, desnudo y con los atributos de la virilidad en toda su gloria. Laodamia le recomendó: «Fíjate en lo que haces, porque mi marido no tenía nada que envidiarle a Príapo».

Cuando la estatua estuvo terminada, la llorosa viuda la vio y frunció el ceño. «Idiota —le dijo a Forbos en un tono de cólera—, exageraste las proporciones. ¿Cómo podré, así, consolarme?», Forbos, humildemente, le contestó: «Perdóname. Es que no conocí a tu marido, por lo que me tomé a mí mismo como modelo».

Laodamia, siempre furiosa, destrozó a martillazos la estatua y después se casó con Forbos.

Necrofilia

Cuenta el mitólogo Patulio: «Al regreso de la guerra contra los mirmidones, Barión sorprendió a su mujer, Casiomea, en brazos de un mozalbete llamado Cástor. Ahí mismo estranguló al intruso y luego arrojó el cadáver al mar. Noches después, estando Barión deleitándose con Casiomea, se le apareció en la alcoba Cástor, pálido como lo que era, un muerto, y lo conminó a ir al templo de Plutón en Trézene y sacrificarle dos machos cabríos para expiar su crimen. Barión, aterrado y no menos pálido, obedeció. Mientras tanto el fantasma de Cástor reanudaba sus amores con Casiomea, quien no se atrevió a negarle nada a un ser venido del otro mundo. Varias veces Barión debió ceder su lecho al cuerpo astral de Cástor sin una protesta, porque el joven lo amenazaba, si se resistía, con llevarlo con él a la tenebrosa región del Infierno». El mitólogo Patulio agrega que Cástor tenía un hermano gemelo, de nombre Pólux, pero de este Pólux nada dice.

Excesos del pudor

Orgulloso de la belleza de su mujer, el rey Candaulo hizo entrar en la alcoba matrimonial a Giges, su favorito, para que viese a la reina desnuda y lo envidiase. Giges la vio y, en efecto, la envidia le nubló los ojos. La reina, sin perder su aire altivo (cosa nada fácil cuando se está sin ropa), se plantó frente a Giges y le arrojó a la cara esta verdad: «Una mujer decente sólo se muestra desnuda delante de su marido». Entonces Giges mató a Candaulo, se casó con la reina y ocupó el trono.

Mote justo

A cierta Herminia la apodaban «Democracia» porque, según decían los vecinos, en su vientre se juntaba todo el pueblo.

Decadencia

La Esfinge (cuerpo de león, rostro y pechos de mujer) les planteaba a los caminantes un acertijo y, como no atinaban a descifrarlo, los devoraba. Fue Edipo quien la venció. Apenas el monstruo le hizo la inextricable pregunta: «¿Quién es el único animal con tres patas?», él respondió: «Yo», y se alzó la clámide para demostrar que no mentía. Muda de rabia, otros sostienen que de admiración, la Esfinge nunca más recobró la voz y pasó el resto de sus días como una de las tantas curiosidades y rarezas que el dueño de un circo ambulante exhibía a los pasmados espectadores.

Lamento de una mujer generosa

¡Mezquina naturaleza, que sólo me concediste tres orificios para complacer al hombre que amo!

La memoria, esa incomodidad

Se encontraron por un capricho del azar. No se conocían, pero les bastó mirarse para caer fulminados por lo que en Sicilia llaman el rayo del amor. Sin pronunciar una palabra corrieron al lecho (al de ella, que estaba siempre pronto) y se lanzaron el uno contra el otro como los pugilistas en el gimnasio.

A la mañana siguiente fue Eneas el primero que despertó. Decidido a proseguir su viaje por el Mediterráneo, e incapaz de abandonar a una mujer sin una explicación, le dejó sobre la mesita de luz un papel en el que escribió con sublime laconismo: «¡Desdichada, lo sé todo! Adiós». Y se fue, la conciencia tranquila y el ánimo templado.

Varias horas después Dido abrió los ojos, todavía lánguida de placer, vio la esquela y la leyó. «¿Qué es lo que sabe de mí, si ni siquiera le revelé mi nombre?», se preguntó, estupefacta. Por las dudas comenzó a pasar revista a su pasado, hasta que experimentó tanta vergüenza que se bebió un frasco íntegro de vitriolo.

Fidelidad

Finalizada la Odisea, que había durado veinte años, el feroz guerrero Drímaco regresó a su hogar y allí se pilló una rabieta porque su mujer, mientras tanto, había tenido, según un mito recogido por el poeta Calistágoras, veinte hijos. Pero ella le explicó: habiéndole suplicado a Eros poder quedar embarazada con sólo pensar en el marido ausente, el dios le había concedido esa gracia. «Si no tuve más hijos —agregó— no es porque haya dejado de pensar en ti todo el tiempo sino porque cada embarazo me llevó nueve meses y aun diez.» Según Calistágoras, las malas lenguas murmuraban que, de no ser así, habría podido parir siete mil hijos.

El falo mágico

Psique, una púdica joven de dieciséis años, fue obligada por sus progenitores a casarse con Heros, un viejo impotente aunque muy rico. Para disimular su desfallecimiento de verga, Heros usaba un falo artificial que le había construido la maga Calipigia a cambio de una gruesa suma de dinero. Como la alcoba matrimonial, por orden del anciano, permanecía siempre a oscuras, Psique jamás se enteró del ardid. Parecía satisfecha y redoblaba con su esposo los transportes de la pasión. Cuando quedó embarazada, Heros debió tragarse la ira, pero no podía ocultar un semblante sombrío cada vez que lo felicitaban por su tardía paternidad. La maga Calipigia lo llevó a un aparte y le dijo: «¿Por qué pone esa cara? ¿Quiere que la gente murmure? Vamos, quítese de la cabeza la idea de que Psique lo ha engañado con otro hombre. Lo que ocurre es que el falo que le vendí

posee, entre otras virtudes, la facultad de la pro-
creación. No se lo dije antes de estar segura de que
Psique era fértil. Ahora que lo sé se lo digo. Entre
nosotros ¿no merezco alguna recompensa adicio-
nal?». Y lo miró con expresión severa. Heros recobró o hizo como que recobraba el buen ánimo
y volvió a entregarle a Calipigia una considerable
suma de dinero. Tan mágico era aquel falo que Psique tuvo siete hijos: dos morenos, dos rubios y
tres pelirrojos.

La verdad sobre Medusa Gorgona

Anterior a la escritura, el mito depende de la memoria de los hombres. Pero la memoria de los hombres es frágil y colma los agujeros del olvido con imposturas fantasiosas. Así es como Medusa, una especie de Cenicienta, terminó transformada en un monstruo. Mi paciente investigación le devolverá ahora sus verdaderos rasgos.

Eran tres hermanas, las Gorgonas. Dos de ellas, Esternis y Euríale, compensaban su irrebatible fealdad con un carácter perverso, disimulado tras una máscara benévola. Envidiosas de la belleza de Medusa, la menor, no le permitían salir a la calle porque, según propalaron por toda la ciudad, petrificaba a los hombres con sólo mirarlos en los ojos.

Algunas personas expresaron sus dudas. «Ah, no nos creen —gimoteó Euríale retorciéndose las manos—. Vengan a casa y se convencerán.»

Sin que Medusa se enterase, porque estaba ocupada barriendo, fregando y remendando, las dos malignas mostraban a los visitantes una estatua de piedra: «¿Ven? Así quedó su último pretendiente». Y ponían un rostro compungido: «¡Se dan cuenta, qué desgracia nos ha caído encima!».

Una tarde Esternis y Euríale salieron a hacer compras y olvidaron cerrar la puerta con llave. La cuestión es que Medusa pudo, por primera vez, asomarse y echar un vistazo a la calle. Inmediatamente la calle quedó desierta: todos habían huido a esconderse y a espiar por los intersticios de puertas y ventanas o a través de cerraduras, de catalejos y de cristales ahumados. Admiraron la belleza de Medusa, pero el poder maléfico de sus ojos les infundía tal pánico que no se atrevieron ni a moverse.

Entonces, por uno de los extremos de la calle, avanzó Perseo, desnudo. Acababa de naufragar su navío y él venía a pedir socorro. Se maravilló de no ver a nadie, como si la ciudad estuviese deshabitada. Golpeó en una puerta y en otra, pero no le abrieron. Siguió caminando y llegó frente a la casa de las Gorgonas. Se detuvo. Los que espiaban se estremecieron, pensaron: «Pobre joven, tan guapo y se convertirá en piedra».

Reconstruyamos la escena: Medusa, sentada en el umbral; Perseo, de pie, desnudo. Ella es hermosísima y púdica; él es apuesto y ardiente. Ambos son jóvenes. Ella no se atreve a alzar los párpados. Él se esponja en las dilataciones del amor. Ella, adivinando que algo sucede, mira por fin los pies de Perseo, las pantorrillas musculosas, los muslos estupendos. Los que espían, tiemblan: «Un poco más —se dicen— y ese buen mozo será granito». Pues bien: Medusa levanta un poco más la mirada y la petrificación ocurre.

Perseo se quedó diez años a vivir en casa de las Gorgonas. Para felicidad de Medusa y desdicha de sus dos hermanas, durante aquellos diez años él anduvo con el miembro viril hecho pie-

dra dura y no había forma de que se le ablanda-
se. De esta portentosa demostración de amor
conyugal derivó la mala fama de Medusa que ha
llegado hasta nuestros días.

Cómo tratar a las
mujeres parlanchinas

El fauno Marcilio fue llevado por su mujer ante el dios Pan bajo la acusación de forzarla a practicar prolongados coitos bucales. Él se defendió: «Es la única manera de que esta charlatana deje de hablar todo el tiempo». Pan falló en favor de Marcilio.

Llanto y luto

La diosa Ceres descendió rauda a la Tierra y entró como una tromba en la casa de su hija Proserpina:

—¡Descocada! ¡Ayer enterraste a tu marido y hoy recibes la visita de otro hombre!

Proserpina no se inmutó:

—Hoy. Pero ayer le prohibí la entrada.

Escrito en los muros del templo de Afrodita en Pafos

«Ama o sálvate: elige.»

Ingenuidad

Tespio tenía cincuenta hijos gemelos, tan parecidos entre sí que no había manera de identificarlos. El mayor, Clístenes, viajó a la gran ciudad de Tebas, ahí conoció a una joven llamada Filis, se enamoró perdidamente de ella y la pidió a sus padres en matrimonio. Los padres consintieron, no sin advertirle a Clístenes que Filis había sido educada en los rigores de la castidad y que nada sabía de las prácticas amorosas. «Deberá tenerle un poco de paciencia —añadió la madre—, pero con el tiempo aprenderá.»

Para alardear de su potencia viril y, de paso, apresurar la educación de aquella inexperta, Clístenes ideó un plan: la noche de bodas satisfizo por siete veces consecutivas el débito conyugal y después abandonó la alcoba con el pretexto de ir a beber un vaso de agua. Entonces sus cuarenta y nueve hermanos fueron reemplazándolo, uno por vez, en las funciones de marido. Filis creyó que era siempre Clístenes el que entraba y salía, de modo que a todos los acogió con entusiasmo.

Al amanecer, Clístenes se dispuso a dormir. Filis rezongó malhumorada: «Vaya, te duermes. Si en la noche de bodas te muestras tan remolón, lindo porvenir el mío». Clístenes huyó a Macedonia, donde se hizo sacerdote de Vesta.

Tormento de un marido engañado

Palacio real de Tebas. Medianoche. Alcmena, desvelada, mira el cielo raso del dormitorio. Su marido, Anfitrión, anda lejos, guerreando con el enemigo de turno.

Lenta, silenciosa, la puerta se abre y aparece Anfitrión. Bien, no es Anfitrión, es Júpiter que ha tomado la figura de Anfitrión. En ayunas de la supercheria, Alcmena se levanta, corre a abrazarlo.

—¡Has vuelto! Señal de que terminó la guerra.

—La guerra no terminó —dice él mientras se despoja del uniforme—. Me tomé unas horas de licencia para estar contigo. Pero al amanecer debo irme.

—¡Qué gentil eres! —gorjea Alcmena.

—Basta de conversación. Vayamos a la cama.

Júpiter es un dios, el más libertino de todos y el más sabio en cuestiones amatorias. Cuando a la madrugada se despide, Alcmena no lo saluda porque todavía boga, sonámbula, por el río de la voluptuosidad.

Se comprende que el verdadero Anfitrión, a su regreso, sufra: por más que se empeñe en complacer a Alcmena, ella tendrá el rostro siempre crispado en un rictus de nostalgia y de melancolía.

Cualquier otra mujer, en su lugar, se habría mostrado exigente y después desdeñosa, y recordando los esplendores de la noche jupiterina le habría gritado finalmente a Anfitrión: «Ya veo. Se te agotó pronto el vigor».

Pero Alcmena es una criatura delicada y honesta que hasta el fin de sus días atormentará a Anfitrión con aquel triste semblante de esposa defraudada.

Multiplicación y muerte de Narciso

Se cuenta que Vulcano inventó el espejo para que Venus pudiese apreciar su propia belleza. En una de las tantas trifulcas entre marido y mujer, Vulcano hizo añicos el espejo y los trozos cayeron a la Tierra. El primer hombre que los vio fue Narciso. Al aproximarse, entendió que varios jóvenes de extraordinaria hermosura lo miraban. A todos se les encendió en los ojos el mismo fulgor lascivo, después todos mostraron la misma inflamación del sexo, por fin todos le tendieron los brazos en un mismo ademán de oferta y de demanda. Entonces Narciso corrió hacia ellos y todos, también él, desaparecieron.

El amor egoísta

Enamorada de Triptolemo, Ceres lo templa un poco todos los días en el fuego para hacerlo inmortal como los dioses. Pero se interpone Caspea, amante de Triptolemo. Luego dirá que al ver a su amado en las llamas, creyó que moriría y quiso salvarlo. Ceres la perdona. La verdad es que Caspea se opuso a que Triptolemo fuese inmortal mientras a ella la aguardan las Parcas.

Ventajas de la bisexualidad

Por un don que le habían concedido los dioses, Tiresias podía cambiar de sexo cuantas veces se lo propusiera. Lo hizo a menudo, y así fue como, mujer, se la disputaban los hombres y, hombre, se lo disputaban las mujeres, porque sabía qué es lo que cada sexo espera del otro.

Tiresias mujer

Se ruborizaba ante la menor insinuación amorosa. Se resistía por un rato a las caricias. Después se pasaba la mano por todo el cuerpo como si no pudiese soportar el fuego que la devoraba. Por fin, entre débiles protestas aunque con los ojos vidriosos, consentía en ir a la cama y allí había que violentarla para que cediese a los asaltos de la pasión. A partir de ese momento secundaba todas las iniciativas y aún se adelantaba a tomarlas. A veces, en medio de la lucha, entraba la criada gritando:

«¡Señora, volvió su marido!», el ocasional amante debía esconderse en un ropero hasta que, varios
minutos más tarde, reaparecía la criada: «Falsa
alarma, señora» y entonces reanudaban el colo-
quio de los deseos, terminado el cual Tiresias se
dormía o fingía dormirse sin pronunciar una palabra.

Tiresias hombre

Prolongaba durante horas los preparativos del
goce último, escarbaba con infalible puntería en
los secretos almácigos donde prospera la lubrici-
dad femenina y, después de alcanzada la culmi-
nación, se esforzaba por mantenerse despierto
prodigándole a su amante dulces caricias pater-
nales mientras recitaba algún epitalamio.

Alegoría del amor senil

Enamorado de ella hasta los hígados, Apolo le prometió acceder a todo lo que le pidiese.

—¿De veras? —palmoteó Deófilis, una joven bellísima recién admitida de la mano (es un decir, de la mano) del dios en la ciencia amatoria—. Entonces te pido que jamás se apague en mis venas el fuego que tú encendiste.

—Está bien. Concedido.

—¿Puedo pedirte una cosa más?

—¿Qué cosa?

—Vivir tantos años como granos de arena caben en mi puño.

—De acuerdo. Pero no te hagas ilusiones conmigo: pasado un tiempo, tendrás que buscar otros amantes.

—Comprendo. Por suerte, no faltan hombres. Y ahora, un último favor.

Apolo se encolerizó:

—Todas las mujeres son iguales. Cuanto más generoso se es con ellas, más pedigüeñas se ponen. Basta, se acabó. Adiós.

Y se fue volando por los aires.

Se presume que la tercera gracia que Deófilis quería pedirle es la de mantenerse siempre joven.

Setecientos años después Eneas se topó con esta vieja inmunda, que vagaba por los caminos de Italia mendigando el amor de los hombres. Como todos la rechazaban, asqueados, el horrible esqueleto vomitaba injurias atroces, y en seguida vertía lágrimas de un fuego inextinguible.

Varias veces se intentó matarla. Pero aquel espantajo sobrevivía a las lapidaciones, a las horcas, a las hogueras, a los puñales, a los venenos, a la crucifixión, a las dentelladas de los lobos, a las temperaturas hiperbóreas, sobrevivió a un ahogo de tres días bajo el mar.

Como se ignora cuántos granos de arena caben en el puño de una muchacha, tampoco se sabe cuántos años vivió Deófilis.

Un rumor que corría por las tabernas y por los

lupanares de Roma sostiene que Eneas, el más misericordioso de los héroes troyanos, se compadeció de ella y satisfizo, por una sola vez, sus apetitos. De esa unión habrían nacido las moscas.

El tercero en discordia

Pílades es el amigo íntimo de Orestes. Siempre atildado, siempre impecable, en presencia de los demás no habla, mudo como un muerto pero vigilante como una lechuza. ¿Qué se dirán, esos dos, a solas, cuando nadie los oye? Los idilios de Orestes comienzan bien y, al poco tiempo, se van a pique. Y todo porque él, al segundo o tercer encuentro, les hace notar a sus amadas los errores que cometieron la vez anterior delante de la gente, o les critica el peinado, el perfume que usan, los modales. Ellas se encocoran y aquel fogoso amor naufraga en una tempestad de rencillas menudas.

Consejo de Medea a una muchacha

Si no quieres que tu amante te abandone, cámbialo por otro.

El amor es crédulo

De regreso en Ítaca, Odiseo cuenta sus aventuras desde que salió de Troya incendiada. Sólo obtiene sonrisas irónicas. La misma Penélope, su mujer, le dice en un tono indulgente: «Está bien, está bien. Ahora haz descansar tu imaginación y trata de dormir un poco». Odiseo, enfurruñado, se levanta y se va a caminar por los jardines. Milena lo sigue, lo alcanza, le toma una mano: «Cuéntame, señor. Cuéntame lo que te pasó con las sirenas». Sin detenerse, él la aparta con un ademán brutal: «Déjame en paz». Como ignora que ella lo ama, ignora que ella le cree.

La mujer ideal
para el perfecto machista

Testigos dignos de fe aseguran que jamás hubo una mujer tan libidinosa como Onfalia, la difunta reina de Lidia. Varias veces por noche cambiaba de amante, escogiéndolo entre hombres, mujeres, niños, eunucos, esclavos y animales, y con cada amante modificaba los procedimientos de su depravación. Finalmente se le dio por practicar el lesbianismo con Hércules.

De quien menos se podía esperar que claudicase a esa infamia era Hércules, un sujeto muy varonil y hasta un poco salvaje, que sólo gustaba de los ejercicios físicos, de la caza y de la guerra, y que solía hablar pestes de las mujeres. Sin embargo aceptó, primero entre risas, como festejando una broma. Increíble y misterioso es lo que sucedió después.

Los afeminados servidores de la reina depila-

ron a Hércules, lo perfumaron, le tiñeron los párpados con azul tuat de Egipto, las mejillas con
agua púrpura de Sidón, los labios con pasta car-
mín de Shifaz, le pusieron una peluca rubia de bu-
cles, lo vistieron con un peplo del color escarlata
que distingue a las rameras, lo cargaron de joyas
y le pusieron en las manos una rueca.

Mientras tanto Onfalia aguardaba, tendida
desnuda sobre un diván, en un aposento contiguo, entre antorchas sostenidas por esclavos negros igualmente desnudos, y pebeteros donde ar-
dían los aromas afrodisíacos de la mirra, de la
algalia y del amizcle. Una orquesta de flautistas y
de tañedores de cítaras ejecutaba melodías tan
voluptuosas que los esclavos negros, sin poder
contenerse, derramaban sobre el piso la semilla
de la mandrágora ante la mirada complaciente de
la reina, quien picoteaba en un racimo de uvas re-
llenas de satyrión y se sacudía de deseos abomi-
nables.

Una vez que estuvo disfrazado, Hércules se
aproximó a un espejo y se miró. Entonces los ser-

vidores de Onfalia vieron que, entre los pliegues de la túnica escarlata, asomaba la erección más colosal que ojos mortales hayan contemplado en este mundo.

Vodevil griego

Homero, melindroso, apenas si lo da a entender. Otros poetas lo admiten sin tapujos. Y bien: Aquiles y Patroclo eran amantes. Ecmágoras nos ha revelado cómo comenzó esta historia.

Obligado a casarse con su prima segunda, la princesa Ifigenia, pero prendado de la esclava Polixena, Aquiles recurrió a una artimaña. Hizo que Polixena durmiese en un cuarto contiguo a la alcoba matrimonial y todas las noches, antes de acostarse con Ifigenia, se acostaba con la esclava. Al borde de alcanzar el deleite se levantaba, corría al lecho de Ifigenia y en un santiamén cumplía con sus deberes conyugales. Ignorante del ardid, Ifigenia estaba encantada con aquel marido que aparecía en el dormitorio ya provisto de tanto ardor que a ella no le daba tiempo para nada. Pero al cabo de unos cuantos días, o más bien de unas cuantas noches, se hartó de ese apuro que a ella la dejaba en ayunas de la voluptuosidad, y empezó a lloriquear y a regañar a Aquiles. Polixena, por su parte, también lloraba y se quejaba porque Aquiles la abandonaba justo en los umbrales del placer. Hastiado de que las dos mujeres le hiciesen escenas, Aquiles pidió la colaboración de su íntimo amigo Patroclo, entre ambos tramaron un plan y desde entonces las cosas mejoraron mucho para todos. En la oscuridad, mientras Aquiles se regocijaba con Polixena, Patroclo entretenía a Ifigenia. En el momento exacto, y para evitar que Ifigenia tuviese una prole bastarda, Aquiles y Patroclo canjeaban sus respectivas ubicaciones. La falta de luz permitía que ese constante ir y venir no fuese advertido por las dos mujeres, quienes durante el día andaban de muy buen humor. Pero todas las noches Aquiles y Patroclo se cruzaban desnudos y excitados en el vano de la puerta entre ambas habitaciones. Una noche tropezaron, otra noche fue un manotazo en broma, otra noche fue una caricia, otra noche fue un beso al pasar, y un día Aquiles y Patroclo anunciaron que se iban a la guerra de Troya. Lo demás es harto sabido.

Justicia

En la nación de los feacios el adulterio cometido por la mujer estaba castigado con la pena de muerte (al hombre se le propinaba una reprimenda, pero sólo si su cómplice era fea). Nausicaa se libró de morir ajusticiada porque delante de los jueces se excusó diciendo: «No recaí en el adulterio sino en la gula», y levantó la túnica de su amante hasta más arriba del pubis. Como la gula no es un delito, los jueces dejaron en libertad a Nausicaa pero confiscaron al amante.

Cuestión de prestigio

La ninfa Euderpe perseguía a Eros con tenaces requerimientos amorosos. Fastidiado, él le gritó:

—Desengáñate. No me gustas.

—Si es por eso, tampoco tú a mí.

—Y entonces ¿para qué diablos quieres que te haga el amor?

—Para poder darme las ínfulas que se dan tus amantes.

La dignidad de la mujer es contagiosa

Nadie, en el Olimpo, es mirada con el respeto que rodea a Juno, la esposa de Júpiter. Y todo porque Juno conoce al dedillo los enredos, con otras mujeres y aun con muchachos, de su marido. Pero calla, no provoca escenas de celos, jamás pierde la sonrisa y el porte majestuoso, rechaza sin alterarse las insinuaciones de algunos atrevidos y, cuando él vuelve de sus calaveradas, lo recibe con la mesa servida. Tanta dignidad conmueve a Júpiter, le hace sentir remordimientos, la impresión de ser un miserable. Sus aventuras ya no le proporcionan ningún placer. Terminará quedándose todas las noches en casa, necesitado, también él, de un poco de decoro.

Eros Artifex

Sólo nos enamoramos de un rostro.

Casanova de Seingalt, *Memorias*

Lelio, legendario rey de Frigia, se consumía de concupiscencia mirando la estatua de una jovencita o de un efebo desnudos. Amaba esas formas tiernas, esas figuras graciosas detenidas en la perfección del movimiento. Pero las estatuas son materias inertes que se rehúsan a la reciprocidad, por lo que los ímpetus lascivos de Lelio no encontraban ninguna correspondencia.

En vano intentó con doncellas vivas, con efebos de carne y hueso: apenas se quitaban la ropa, quedaban degradados ante sus ojos. Le parecían malolientes, torpes, el que no ostentaba un grano lucía el acné o la dentadura despareja, abrían la boca sólo para decir sandeces, sus vellosidades eran antiestéticas y sus conductos íntimos hedían. Lelio se resignó a la contemplación de la estatuaria.

Cierta vez apareció en Bitilis, la mítica capital de Frigia, una criatura misteriosa, nunca vista antes, y de una belleza corporal que enloquecía las aspiraciones impúdicas de hombres, de mujeres y de los perros lúbricos. Venido no se sabe de dónde, lo llamaron Hebdómeros, que significa tampoco se sabe qué. Anoticiado, Lelio ordenó que le trajesen a ese extraño forastero.

En cuanto lo vio, el rey se precipitó en las simas más profundas del arrobo erótico. Hebdómeros estaba totalmente recubierto por una suerte de funda, o de película, color del bronce pulido, tan ajustada a su cuerpo que parecía su propia piel y que exaltaba todas las curvaturas y los abultamientos. Lelio le pasó las yemas de los dedos, y así pudo comprobar que era de un raso finísimo y provocaba estremecimientos voluptuosos.

La cabellera, rubia y rizada, había sido hecha con hebras de un material sedoso. Minúsculas láminas de oro usurpaban la función de las uñas. Y todas sus partes difundían un perfume intenso, tórrido, como de muchas flores maceradas en algún licor enriquecido con especias y con hierbas afrodisíacas.

No se podía adivinar su sexo (ni el rey, agradado por esa ambigüedad, quiso averiguarlo), pues no pronunció una palabra. En el lugar donde la condición masculina o femenina se delata, la piel artificial se acomodaba a una comba que lo mismo podía ser un monte de Venus enjundioso que el aplastado pubis de un adolescente y, en el pecho, dos turgencias simétricas permitían la duda entre las tetas iniciales de una virgen y los desarrollados músculos de un gimnasta.

Por lo demás, Hebdómeros estaba enmascarado. Tenía el rostro oculto tras lo que semejaba las dos alas desplegadas de un pájaro o de una mariposa gigantesca. Construida con una sustancia secreta, de un negror absoluto, rígida y brillante, la máscara desbarataba cualquier pretensión de imaginar los rasgos de Hebdómeros. A través de unos orificios brotaban fosforescencias como las que hacen relampaguear los ojos de los gatos nocturnos.

Al caminar, el cuerpo grácil, de cintura estrangulada, ondulaba en sinuosidades perversas. Apoyaba los pies con el paso artístico del danzarín, las piernas entretejían un frotamiento de reptiles somnolientos y la doble protuberancia de las nalgas fingía una boca cuyos labios carnudos paladean el último sabor de una golosina. Sólo la cabeza se mantenía firme, erguida y orgullosa, como indiferente a las turbulencias del cuerpo.

Lelio, más borracho que si se hubiese bebido todos los soleados vinos de la Magna Grecia, aspiró aquellos perfumes alcohólicos, palpó aquellas formas apetitosas, entrelazó sus brazos con los miembros serpenteantes, y entonces supo que Hebdómeros era el único ser vivo a quien podía amar. Pero no nos enamoramos sino de un rostro. De un rápido manotazo lo despojó de la máscara.

Debajo apareció otra máscara. La arrancó y apareció otra, y después otra, y otra, y otra, y a medida que iban apareciendo progresaban en monstruosidad inhumana hasta que fue imposible mirarlas sin enloquecer. Los servidores de palacio oyeron los aullidos, acudieron con armas porque creían que algún crimen u otro hecho nefando sucedía, y al entrar encontraron a Lelio revolcándose en el suelo y echando espuma por los labios, entre un montón de horribles máscaras a las que, con sus puntapiés y sus puñetazos, hacía volar como si fuesen aves o mariposas brotadas de una pesadilla. Hebdómeros había desaparecido y nadie volvió a verlo. Se cree que fue un enviado de los dioses. Lelio no recuperó la razón.

El arte de la réplica

La diosa Palas Atenea combinaba la pudicia de sus costumbres con una lengua filosa y mordaz. De ella se cuentan episodios en los que su ingenio cáustico causó estragos.

Pasando, bajo la figura de una joven, delante de un grupo de soldados, uno de éstos se mofó de su actitud recatada.

—Miren a esa tonta, cómo tiembla al ver tantos hombres juntos.

Sin detenerse, la diosa le replicó:

—Te equivocas. Tiemblo al verte a ti entre tantos hombres.

Impelidos por una fuerza irresistible que emanaba de aquella joven, los demás soldados le infligieron a su camarada el trato que por lo general los hombres dispensan a las mujeres en el lecho.

Otra vez un anciano decrépito, que no la reconoció, le propuso un negocio:

—Si te regalo esta fíbula de oro, ¿te acostarías conmigo?

Palas Atenea le arrebató la fíbula:

—Lo que harías en la cama ya lo hiciste. Y no volverás a hacerlo.

El anciano enmudeció para siempre.

Y otra vez un pirata tirreno, que supo quién era esa mujer de ojos de búho, le murmuró en el oído esta indecencia:

—Te apuesto a que mi falo puede llegar hasta tu boca sin necesidad de que tú dobles la espalda y te inclines. Si gano, ¿con qué me pagarás?

La diosa respondió:

—Te concederé la gracia de que, en lo sucesivo, sólo puedas beber tu propio néctar.

El pirata huyó a la carrera.

Panegírico

En reposo, ave fabulosa dormida sobre nido de plumas. En vuelo, pájaro que oculta la luz del sol.

Mástil de los navíos, faro de los navegantes, columna de los templos, bastón del cielo.

En tu presencia los sabios doblan la rodilla, los reyes resignan sus coronas y los guerreros sus armas.

Si custodiaras un tesoro ningún ladrón lo robaría. Si fueses una montaña nadie alcanzaría tu rosada cúspide.

Pero tú, oh piadosa, haces llover sobre los secanos y desatas el estío para que maduren las mieses.

Nosotras te guardamos como el avaro guarda su oro, como la leona de los desiertos cuida su cría.

(*Fragmento del himno que las sacerdotisas del dios Príapo entonaban en loor de la divina méntula*)

Índice